LE SIÈCLE
DES BALLONS,

SATYRE NOUVELLE,

SUIVIE

DU RIVAL PAR AMITIÉ,

COMÉDIE EN UN ACTE ET EN VERS.

Me pedibus delectat claudere verba
Lucili ritu.
           HOR. Sat. 1. lib. 2.

À BALLOPOLIS,

Et se trouve à PARIS,
Chez CAILLEAU, Imprimeur-Libraire, rue Galande.
Et chez les Marchands des Nouveautés.

L'an du Monde 5784 & des Ballons le 2me.

LETTRE

A UN AMI.

MONSIEUR,

L'HYVER long & rigoureux que nous avons essuyé, ayant encore augmenté la paresse qui m'est naturelle, semblable à ces animaux que le froid engourdit, je ne suis point sorti de chez moi. Votre Bibliothèque a été ma ressource pendant ce tems. Je vous dois le peu de momens agréables qui ont charmé quelquefois l'ennui de ma solitude. Mais parmi de bons livres que vous m'avez envoyés, il s'en est glissé qui ne le sont pas. L'homme isolé contracte une forte de mélancolie, qui approche beaucoup de la mauvaise humeur. Ma bile s'est allumée à certaines lectures, & mes efforts pour la calmer ont été inutiles. Tout ce qui m'avoit choqué me repassoit par la tête; les méchants Vers que j'avois lus se retraçoient à ma mémoire.... La patience m'échappe, je mets la main à la plume, j'écris; c'est une Satyre. Le premier genre dans lequel je m'essaie se trouve être le plus éloigné de mon caractère. Après avoir dit long-tems avec *Destouches*

La Critique est aisée & l'art est difficile,

je m'écrie, comme *Juvenal*,

Si natura negat, facit indignatio versum,

& me voilà Auteur Satyrique. C'est le hasard qui décide de nos actions & de notre sort. Nous sommes entraînés par le premier mouvement;

la réflexion est tardive, & par conféquent pref-
que toujours inutile.

Que dans un moment d'humeur, j'aye jetté
quelques plaifanteries fur le papier; il n'y auroit pas grand mal à cela, fi l'amour aveugle
qui fuit la paternité, ne m'avoit engagé à vous
montrer mes Vers; fi une trop grande indul-
gence ne vous avoit fait applaudir à quelques-
uns; fi une facilité, un peu indifcrette, ne
vous eût porté à en laiffer prendre copie à deux
ou trois amis. On accueille volontiers ce qui a
l'air d'être malin; ma Satyre a circulé & m'eft
revenue changée, augmentée & même enrichie
de plufieurs noms, que j'ai été fort furpris d'y
voir figurer.

D'après cela, Monfieur, vous fentez que je
ne puis me difpenfer de me faire imprimer : je
fuis obligé, pour juftifier ma faute, de la pu-

A 3

blier. Les uns riront à mes dépens, les autres
feront la grimace. On achetera mon *Pamphlet*
fur le titre, & l'on s'en repentira enfuite. Le
Journal de Paris ne l'annoncera pas; les petites Affiches y puiferont quantité d'argu-
mens qu'elles me rétorqueront; mes propres
armes ferviront à me terraſſer. Le Mercure, qui
eſt aſſez débonnaire, n'en dira rien : il fe con-
tentera d'en tranfcrire le titre fur fa couverture,
& je ferai oublié, fans doute, avant toutes les
chofes que je m'avife de fronder.

Quel que foit le fort de ce mince Ouvrage,
que m'importe ? pourvu que mon Libraire n'en
foit pas la dupe. Je ne me vante pas d'en être
l'Auteur; je m'en accufe. Mon nom d'ailleurs
n'eſt pas connu. Je n'ai compofé que de ces
Pièces fi fugitives, qu'on ne les trouve plus
nulle-part; de ces *Innocens* qui meurent dans
leur berceau : c'eſt-à-dire, de ces petits Vers de

Société que les femmes trouvent charmans, parceque ce font elles qui les infpirent. Je fais qu'aujourd'hui, il n'en faut pas davantage pour commencer une réputation; & que plus d'une jeune tête a été tournée, à auffi bon marché; mais, pour moi, je fuis bien réfolu de réfifter à la démangeaifon d'écrire. D'ailleurs, j'aurois plus de peine que tout autre à m'acquérir une certaine célébrité; car, je n'ai ni parens, ni amis, ni protecteurs parmi MM. les *Feuilliftes*. Je donnerois le plus joli Quatrain du monde au Journal de Paris, qu'il aimeroit mieux allonger l'article du Beurre & des Œufs, que d'en faire ufage : & je ferois le premier homme de mon fiècle, pour toifer des Logogriphes, que je me verrois obligé d'envoyer les miens au Courier de l'Europe, que l'on dit un peu plus traitable, parceque, apparemment, fes cartons regorgent moins de richeffes.

Je ne m'apperçois pas, Monſieur, que ma
Lettre eſt déjà fort longue, & n'a pas encore
dit un mot de ce que je veux vous dire. Allons
au fait. Je ſuis forcé de m'abſenter de Paris pour
quelque tems; il s'agit de me remplacer & d'être
l'Éditeur de ma Satyre. La belle commiſſion!
me direz-vous : N'eſt-il pas juſte que vous par-
tagiez avec moi l'iniquité ?

Corrigez donc, ſi vous le jugez à propos.
Adouciſſez la dureté de quelques expreſſions;
ajoutez des notes qui ſervent de correctifs;
portez un baume ſalutaire aux bleſſures que feront mes traits imbus de fiel. En un mot, faites
en-ſorte de dorer la pillule.

Ne manquez pas ſur-tout, Monſieur, d'inſi-
nuer quelque-part que, tout en médiſant des
Ballons, je n'en admire pas moins la ſublime
découverte de MM. *de Montgolfier*, & les tra-

vaux ingénieux de M. *Charles.* L'enfant des premiers a pris un prompt accroiſſement dans les mains induſtrieuſes du ſecond ; mais j'ai grand'peur qu'il ne reſſemble à ces jolis Marmots , élevés à Paris ; à ces petits Phénomènes qui étonnent d'abord , puis avancent en âge , ſans faire de nouveaux progrès.

Quant au *Magnétiſme Animal*, je ne deſire pas moins qu'un autre, que cette découverte ſoit réelle & devienne utile. D'ailleurs , j'ai toujours regretté le tems heureux des Enchantemens, des Sortiléges, des Taliſmans : ces merveilles plaiſent à mon imagination. Le Bâton de Jacob, l'Anneau de Gigès , la Robe d'inviſible, le Chapeau de *Fortunatus* , auroient encore leur mérite aujourd'hui. Que ſait-on ? Les Contes de Fées deviendront peut-être des Hiſtoires véritables. Les ſecrets de la Cabale & les Rêveries du Comte de Gabalis ſeront peut-être expliqués.

De-là , l'Élixir de Vie, la Poudre *Sympathique*,
la Pierre Philofophale, le Mouvement Perpé-
tuel , &c. De combien d'Arts merveilleux & de
Découvertes précieufes , les révolutions qu'a
effuyé notre Monde, ne nous ont-elles pas pri-
vés ? En attendant que nous puiffions les voir
renaître , je voudrois feulement que les heureux
Poffeffeurs de la vertu *magnétique*, s'occupaf-
fent à défobftruer quelques cerveaux de ma con-
noiffance , qui, ainfi que le mien, auroient
grand befoin d'être ranimés par un fluide actif
& puiffant.

Je fuis, &c.

LE SIÈCLE
DES BALLONS,

SATYRE.

L'HOMME fembloit jadis redouter la lumière :
Accablé fous le faix d'une lourde Atmofphère,
Le Roi de l'Univers rampant, foible & borné
Dans fon trifte féjour languiffoit enchaîné.
A   urd'hui, fur un Char, affrontant les orages,
Un Ballon le tranfporte au-delà des nuages.
On le verra bien-tôt (*a*), auffi prompt que l'éclair,
Parcourir à fon gré les campagnes de l'air;

· (*a*) Cela eft tout vu. *Lifez le grand détail général du
fameux Vaiffeau volant de M. Blanchard, avec les
circonftances qui l'ont accompagné, lors de fon départ
& grande manœuvre dans les airs.*

Et, malgré l'Aquilon furpris de fon audace,

Mefurer tous les points de cet immenfe efpace. (*b*)

(*b*) On n'eft pas généralement d'accord à cet égard. Je copierai ici le Fragment fuivant d'une Lettre écrite par un Ruffe à M. le Comte de * *. *Note de l'Éditeur.*

« Rien de plus ingénieux que vos Ballons ! Cette dé-
» couverte fera à jamais la gloire de votre Patrie & de
» notre Siècle. L'Allemand s'attribue l'invention de
» l'Imprimerie, de la Poudre à Canon, des Lunettes,
» &c. ; l'Efpagnol eft encore fier d'avoir trouvé le nou-
» veau Monde ;

     » *Les Anglois, Nation trop fière,*
    » *S'arrogent l'empire des Mers ;*
     » *Le* FRANÇOIS, *Nation légère,*
     » *S'empare de celui des Airs.*

    » Cependant, quand la fantaifie me prendra de re-
» tourner en France, je préférerai toujours ma chaife
» & des chevaux de Pofte à vos voitures *Aëriennes.*
» Les *Montgolfières* font trop pefantes, trop difficiles

A de fi grands fuccès d'avance on applaudit ;

Qui pourroit en douter, puifque B......d l'a dit ?

B......d que vous verrez voguer jufqu'aux étoiles,

Si les Sylphes jaloux ne percent pas fes voiles.

Suis, Dédale nouveau, ton effor généreux,

Va voir ce qui fe paffe à la voute des Cieux.

Dis nous fi M.....tz (c) range bien les Planètes,

Dans leur courfe inégale obferve les Comètes.

» à manier & à entretenir. D'ailleurs, je hais la fumée.
» Quant aux *Charlottes,* l'élégance de leur forme me
» féduit. Si les anciens Poëtes les euffent connues, peut-
» être n'auroient-ils pas donné à Vénus un char traîné
» par des Colombes. Malgré tout cela, je ne ferois pas
» plus curieux de m'en fervir que des autres, fur-tout
» pendant l'Été ; depuis qu'un vieux Phyficien de
» Mofcou m'a affuré que l'*air inflammable* prend feu
» à une chaleur de 16 degrés. Il eft vrai, qu'en cas
» d'accident, on auroit le *Para-fol* de M. B. &c.

(c) Auteur d'un Syftême du Monde, dont il a déjà
paru quatre gros Volumes.

Redescends vers la Lune, & chez elle reprends
Le bocal précieux qui contient ton bon sens.

Mais, de plus beaux secrets, surpris à la Nature,
Nous feront admirer de la race future.
Un Docteur, sans perruque, avec deux tours de main, (d)
D'un homme au lit gissant peut faire un homme sain ;
Et, laissant de côté Médecine & clystère,
Désobstruer la fille & rajeunir la mère,
Ranimer les vieillards, ou, d'un mari benin,
Ressusciter la femme, en lui pressant le sein.

Le Siècle des Ballons est celui du génie !
On l'a dit quelque part ; & quiconque le nie,
Sans-doute, est de ces gens, qui, toujours pleins d'humeur,
N'approuvent jamais rien, blâment avec aigreur,
.Et, d'un tems qui n'est plus, Prôneurs infatigables,
Disent que nos ayeux étoient seuls admirables.

_____

(d) Voyez différentes Lettres sur le *Magnétisme Animal*, insérées dans le Journal de Paris.

Pour moi, je ne fuis point de ces efprits altiers,
Et, loin de dénigrer, j'admire volontiers.
Chaque Siècle, dit-on, brille aux dépens d'un autre;
Mais, quel Siècle jamais a pu valoir le nôtre?
Quel tems fut plus fertile en prodiges divers?
Vit naître plus d'Auteurs, & mourir plus de Vers....
Mufe, finiffez donc. Savez-vous bien, ma mie,
Que ces propos malins paffent la raillerie?
Impie en Médecine! Incrédule en Ballons!
On devroit vous loger aux Petites-Maifons.
Taifez-vous, ou du moins renfermez votre bile;
Laiffez-là l'ironie, & montrez-vous docile.
Convenez que Bleton, par un talent nouveau,
Trouve à cent pieds fous terre un léger filet d'eau:
Que M....r tâtonnant guérit tous fes malades:
Que les Romans du jour ne font triftes, ni fades:
Que Lear, pour un fol, ne raifonne pas mal:
Que D...s dans *Macbeth* vaut fon original:
Sur parole, jugez tous ces faits véridiques;
Certain Journal crut bien aux fabots élaftiques.

— Eh-bien ! foit : je loûrai. Le fort en eft jeté ;

Mais, fans bleffer jamais l'auftère vérité.

Fidèle à ce deffein, je dirai que Delille,

Copifte original, fçut égaler Virgile ;

Que fes jardins rians font plantés avec goût ;

Que fes riches pinceaux favent embellir tout ;

Et, tandis que des vents la troupe vagabonde

Nous enlève Parny, qui cherche un autre monde, (*e*)

Je dirai que fes Vers, par un charme vainqueur,

Plaifent à mon efprit, en parlant à mon cœur.

Fort bien ! voilà le ton que je veux vous prefcrire :

Faites-vous des amis plutôt que de médire.

(*e*) M. le Chevalier de Parny eft parti pour les Ifles. Nous
avions cependant grand befoin que le Tibulle François
ne nous abandonnât pas. Puiffe-t-il preffer fon retour ! il
nous rapportera, fans doute, quelques nouvelles productions, qui, nées fous un autre ciel, auront une phyfiono-
mie différente, & ne feront pas moins intéreffantes que
celles qui font échappées à la Mufe de ce charmant Poëte.

J'écoute.

J'écoute. Pourſuivez ; vantez le *Séducteur :*
Dites qu'en lui tout plaît & le ſtyle & l'Acteur,
Hormis le plan pourtant, qu'il falloit laiſſer faire
A quelque autre héritier des talens de Molière.
On juge à la rigueur, dans le Siècle préſent,
Et le parterre aſſis n'eſt pas plus indulgent.
Je ne vois de ſalut qu'au Théâtre Lyrique ;
Le Rimeur n'y craint rien, caché ſous la Muſique ;
L'art de Saint-Huberti, la grace de Veſtris,
Le marbre des Palais, la pourpre des habits,
Les Diables & les Dieux, la flâme & le tonnerre
Sont des ſecrets vainqueurs dont il uſe pour plaire.

Mais, ſans vous occuper des ouvrages du jour,
Ma-Muſe, dans l'arène entrez à votre tour.
— Moi ! de tant d'Écrivains groſſir encor la liſte !
Non. Je ſuis amateur, ſans vouloir être artiſte.
J'érige un tribunal ; j'y prononce à mon gré,
Sans craindre d'un vain nom l'éclat trop révéré.

B

Je foutiens hautement qu'en ce Siècle bifarre,

L'efprit eft fort commun & le bon fens très-rare.

J'apoftrophe un Abbé qui m'offre dans fes Vers

Des Moineaux frais-pondus au milieu des Hyvers ; (f)

Et, fans le redouter, je dénonce & je berne

De l'antique Pfyché le *Rhabilleur* moderne.

Je dis que le Théâtre eft défert aujourd'hui ;

Que le goût l'abandonne & fait place à l'ennui,

Lorfque certain Auteur, dans les Drames qu'il donne,

Allume des bûchers qui n'échauffent perfonne. (g)

Je dis que le François, dont l'efprit eft gâté,

Oüblie avec fes mœurs fon aimable gaîté ;

(f) *La neige à gros floccons battoit deux méchans nids.*

On trouve ce Vers, dont l'idée eft, fans contredit, des plus neuves, dans une Fable intitulée *les deux Moineaux,* par M. l'Abbé A.... *Voyez les petites Affiches du mois de Février dernier.*

(g) L'Auteur veut parler ici, felon tout apparence, de *la Veuve du Malabar.*

Que les enfans bâtards, dont la Scène fourmille,
Doivent leur exiſtence au *Père de Famille*, (*h*)
Et que dans ſes écrits M.....r à tout propos,
Au lieu de ſentiment, met des points & des mots.

L'ennui ſouffle par-tout les vapeurs qu'il exhale ;
Pour mieux nous tourmenter, il s'épanche en morale.
Craignez-vous l'inſomnie ? écoutez B......d ;
Sérieux par ſyſtême, il s'attriſte avec art ;
C'eſt Jérémie en proie au chagrin qui l'accable,
Traînant en longs ſanglots une voix lamentable :
Il n'a ri de ſa vie & chez lui les amours,
Vêtus d'un habit noir, ſe déſolent toujours.

Mais quelle eſt, dira-t-on, cette voix enrouée
Par qui de nos Auteurs la troupe eſt bafouée ?

(*h*) C'eſt à l'accueil, mérité ſans doute, que l'on a
fait au *Père de Famille*, de M. Diderot, que nous de-
vons tous les Drames dont nous avons été inondés.

B 2

Connoiffons l'Ariftarque & tâchons d'arracher
Le mafque officieux dont il veut fe cacher.
Eh! Meffieurs, à quoi bon cette follicitude?
N'ai-je donc pas des droits à votre gratitude,
Lorfque loyal & franc, par mon zèle excité,
Je fais jufques à vous paffer la vérité?
D'Amis approbateurs une foule ennemie,
Sur vos productions fans pudeur s'extafie;
Et, dès que votre Mufe accouche d'un Quatrain,
De cent *bravo* menteurs vous chante le refrain. (*i*)
Et moi, qu'injuftement votre amour-propre accufe,
Je cherche à diffiper l'erreur qui vous abufe; (*k*)
Je rappelle chez vous le goût & la raifon,
Je dis tel eft un aigle & tel eft un oifon;

(*i*)   *Pulcrè! benè! rectè!*
Pallefcet fuper his, etiam ftillabit amicis,
Ex oculis rorem, faliet, tundet pede terram.
                              HOR. de Art. Poët.
(*k*) *Refpicere ignoto difcent pendentia tergo.*
                              HOR. Sat. 3. Lib. 2.

Et, quand certain Auteur, dans fa folle manie,
Convient de bonne-foi qu'il eft plein de génie;
Rougiffant de le voir dupe de fon orgueil,
Je diffèque fes Vers, j'épluche fon recueil; (1)
Il apprend à quel taux il doit prifer fa verve,
Et d'un ton plus modefte il prône fa Minerve.

Mais paffons au Phœnix des Écrivains moraux:
J'en fuis à ton chapitre, éloquent P........x;
C'eft toi qui fais agir & parler la fageffe!
Oh! je te dois beaucoup. Ici je le confeffe;
Loin de moi le fommeil fuyoit depuis trois jours;
Voilà que je m'endors, en ouvrant ton *Concours!*
La vertu des pavots eft moins foporifique!
Et, du fond de l'Hyver, un fomme léthargique,
Jufqu'à l'Été prochain, fans doute, m'eût conduit,
Si ton livre, en tombant, n'avoit fait un grand bruit.

----

(1)   *Delere* jubeo
   Et male tornatos incudi reddere verfus.
               HOR. de Art. Poët.

Je m'éveille en surfaut, je veux encor te lire :
Que vois-je ? ton Marquis & fa femme de cire !(*m*)
Ah ! refermons bien vîte & laiſſons pour toujours,
Et l'École du Riche & ton épais Diſcours....
Ah ! c'eſt pouſſer trop loin l'excès de la Satyre !
Vous frondez cet Auteur que vous n'avez pu lire.
A vous feul eſt la faute. Oui, vous perdez le goût ;
Sans rime ni raiſon vous déſapprouvez tout ;
La plus fine Perdrix, alors qu'on eſt malade,
Malgré tout ſon fumet, peut nous paroître fade.

(*m*). Liſez un long Diſcours, qui précède le *Théâtre Moral* de M. le Chevalier de C....e de P....x, vous y verrez un Épiſode fort touchant. Un Marquis, veuf, mais dont le cœur eſt encore plein de la femme qu'il a perdue, a fait fabriquer une ſorte de *Mannequin*, ſurmonté d'une tête en cire, dans le genre de celles de Sr. Curtius. Il couvre cette poupée des habits de la défunte. Bien plus ! il avoit eu la précaution de compter les cils de ſes paupières, & il en met le même nombre aux yeux de cette effigie, qu'il contemple jour & nuit. Il lui fait & lui dit les plus jolies choſes du monde. Vive les Poëtes, pour les plaiſirs de l'imagination !

Pour moi, j'aime C......e & je prends fon parti.

Il blâme avec raifon notre âge perverti.

J'ai baillé quelquefois, en lifant fon ouvrage ;

Mais j'ai vu de bons Vers orner plus d'une page.

Le *Concours*, par exemple, eft un morceau parfait !

L'Académie en Corps produit un bel effet !

Écoutez *Mufuman*, quand le bon-homme étale

Tous les noms des Portraits qu'il trouve dans la falle :

Regardez & tremblez, c'eft le noir Crébillon :

Celui-ci, que je baife, eft le doux Fénelon....

Deux pas encor : venez au fond du fanctuaire,

Et tombez à genoux devant le grand Voltaire. (n)

(n) Vers du *Concours Académique*, Comédie *Morale*. Cette *Pièce*, dit le Courier de l'Europe, *eft un Phénomène Littéraire. Elle eft dans le génie de la Métromanie. Le fujet en eft neuf, puifqu'on n'avoit jamais mis l'Académie Françoife fur la fcène, dans l'intention d'en relever la dignité. Elle étincelle de beautés poétiques.*

« On trouve fouvent dans les Journaux des Extraits » fournis par l'Auteur de l'Ouvrage dont on rend compte,

B 4

Ce détail, je le dis, me plaît infiniment ;
On ne peut s'exprimer plus naturellement :
Et j'imagine entendre, au ftyle qu'il employe,
Un Montagnard, forti du fond de la Savoye,
Pour offrir dans Paris fon Spectacle ambulant ;
Quand d'une voix lugubre & d'un ton glapiffant,
Aux Badauts étonnés, gravement il explique
Les objets que contient fa lanterne magique.

Mais la matière abonde & je pourfuis toujours ;
Ma veine eft un torrent qui groffit dans fon cours.
Arrêtons cette fougue, il eft bon de relire
Les mots que bout-à-bout ma plume vient d'écrire.

---

difoit autrefois Clément, dans fes nouvelles Littéraires.
De fon tems, les Journaliftes ne s'occupoient pas des
Lettres par goût, mais par métier. Quand ils trou-
voient de la befogne toute faite, ils en profitoient volontiers. Je vous plains, pauvres Lecteurs ! Jugez
d'après les autres, vous êtes trompé. Lifez vous-même,
vous êtes ennuyé. Que faire ? rendre tout court en ne
lifant rien.

Qu'ai-je vu? Jufte Ciel! Quel changement foudain!

La plume de Fréron arme-t-elle ma main?

De quel droit, n'écoutant qu'une indifcrette audace,

Vais-je ainfi fureter les recoins du Parnaffe,

Lancer de tous côtés mille brocards malins,

Et marquer fur le front nos modernes Cotins?

Quand je voudrois du Siècle être l'Apologifte,

J'égratigne, je mords, & comme un Journalifte,

Difféquant chaque ouvrage & ne pardonnant rien,

Les fautes que l'on fait compofent tout mon bien.

Quoi! j'ai vu D.....l, fans guide, ni bouffole, (o)

Ofer monter Pégafe, au fortir de l'école;

Porter un bras débile aux idoles du tems,

Et, ridicule Nain, attaquer des Géans.

J'aurai vu cet enfant, bégayant la Satyre,

Charpenter quelques Vers, au lieu d'apprendre à lire!

En un mot, j'aurai vu le Singe de Gilbert

Expier fes péchés fous la verge d'Aubert;

(o) Auteur d'une Satyre qui n'a fait que paroître, il y a quelque tems. Elle a été foudroyée par les petites Affiches.

Et, quand un pareil fort doit fuivre un même outrage,
Cet exemple frappant ne me rend pas plus fage.

Ah ! c'en eft fait. Je mets ce Libelle en morceaux,
Je brife ma palette & je romps mes pinceaux.
Que le bon de R...y, qu'un démon perfécute, (*p*)
Complette fes affronts par une triple chûte :
Que Ch...s foit mou, que le M....e foit dur,
Que G...t foit diffus & la C......e obfcur ;
Que R.....I, ami du Courier de l'Europe, (*q*)
S'imagine remplir fa brillante Horofcope ;

(*p*) Peut-être veut-on parler ici de la *Clémence
d'Henri IV.* Tantôt Opéra-Comique, tantôt Drame,
tantôt Tragédie & toujours fifflée. O, M. le Citoyen de
Touloufe, quel acharnement ! N'étoit-ce donc pas affez
d'avoir mis encore une fois la corde au col aux *Décius
François* (dans le Siège de Calais) & d'avoir dit :

L'honneur eft un jour pur qui brille au fein des ombres.

(*q*) *Nous ne craignons pas de dire qu'il eft le*

Que Saint-J..t, fourageant les tréfors d'Apollon, (r)
Pille de petits Vers, pour fe faire un grand nom :
Grace à tous ces Meffieurs, que l'ennui pleuve en France,
Je leur donne la paix & garde le filence.

---

*feul jeune-homme qui faffe efpérer un Poète à la
Nation.*

. . . . *Afcanius , magnæ fpes altera Romæ.*

ÆNEID.

Cet Oracle eft tiré du Courier de l'Europe, du fix Jan-
vier dernier.

(r) Un ami de M. Olivier a réclamé, dans le Journal
de Paris , des Vers de ce dernier, dont M. de St. J..t
avoit trouvé commode de faire ufage. Rien de fi commun
aujourd'hui que des réclamations de ce genre. On ne
fuit guères le précepte de Pyron : *dérobons nos neveux.*
On donne la préférence à fes pères ou même à fes con-
temporains. Il eft étonnant que les hommes, qui dans
toutes les loix qu'ils ont établies, fe font montrés fi
jaloux de leurs propriétés, n'aient porté aucune peine
contre le larcin Littéraire. . . . . . Il fe trouveroit tant de
coupables !

Sans déchirer ainsi tant de Livres mort-nés,
De pères malheureux enfans abandonnés ;
Rempli d'un feu divin, qui tout-à-coup m'inspire,
Pour un plus digne emploi je veux monter ma lyre.
Puissai-je parmi nous, réprimant les abus,
Purifier les mœurs, rappeller les vertus ;
Et, par un but si noble éternisant mes rimes,
Du vice triomphant combattre les maximes.

Les tems sont bien changés ! que diroient nos ayeux,
Si du séjour des morts ils voyoient leurs neveux ?
Des antiques François je cherche le génie,
Les plaisirs, les vertus, la franche bonhommie.
L'Hymen n'est plus un Dieu, dont les liens sacrés
Par des époux unis soient encor révérés ;
Pour se débarrasser d'une importune gêne,
En de fragiles nœuds on a changé sa chaîne.
L'amitié n'est qu'un nom, dont le charme trompeur
Sert à couvrir la fraude & cache un mauvais cœur ;

Et l'on voit de nos jours *la timide innocence*

Paſſer ſubitement à l'extrême licence.

Reconnoiſſez l'effet du luxe deſtructeur,

D'un déſordre complet fatal avant-coureur.

Le triſte célibat, que l'égoïſme guide,

Étale hautement ſa morale perfide ;

On s'iſole ſans honte , & nos jeunes Créſus,

Au dépens de leur fond, triplent leurs revenus. (s)

On verra les Seigneurs ouvrir bientôt boutique,

Et déjà nos Marquis ſçavent l'Arithmétique.

— Ah ! quoique vous diſiez , en ces tems corrompus,

On voit fleurir encore un reſte de vertus.

(s) « Si j'étois maître de la fortune qui doit m'appar-
» tenir un jour, me diſoit un jeune élégant, je ne
» m'amuſerois pas, comme mon bon-homme de père,
» à végéter avec 20,000 liv. de rente. Je vendrois mes
» terres & j'en aurois aiſément 600,000 liv. L'argent eſt
» cher ; avec cette ſomme, je me ferois au moins
» 60,000 liv. de rentes viagères. J'aurois des chiens,
» des chevaux, des maitreſſes, & *après moi le déluge.*

Parcourez, s'il se peut, tous les Journaux de France,
Vous-y verrez citer des traits de bienfaisance....
— Oui. J'ai vu quelquefois le riche avec effort
Entr'ouvrir lentement son large coffre-fort.
Mais, si la main des Dieux vous combla de richesses,
Sachez les mériter par d'utiles largesses ;
Sortez de vos palais, quittez vos chars pompeux,
Dans son réduit obscur cherchez le malheureux :
Vous mêmes soulagez les misères publiques,
Sans verser vos bienfaits dans des canaux obliques.
Alors, tels que LOUIS, vous sécherez nos pleurs,
Et votre seul aspect calmera nos douleurs.

Je ne finirois pas, si je voulois tout dire ;
De peur de trop parler j'interromps ma Satyre,
Et désormais fidèle au serment que j'ai fait,
Je deviens un S...d, & me voilà muet.

FIN DE LA SATYRE.

www.ingramcontent.com/pod-product-compliance
Lightning Source LLC
Chambersburg PA
CBHW061617180626
46818CB00005B/2120